DESTINATION BEAT

par Aleka Waters

Destination Beat ou le récit d'un voyage halluciné au cœur de la psyché de Jude, à la recherche des signes et des fantômes du passé...

Le jeune homme errait dans les couloirs du métro , sans destination précise et comme égaré parmi le flot des passants.Il regarda l'heure à son poignet 0 :33.Jusque dans l'horaire affiché sur sa montre bon marché , quelque chose semblait l'interpeller.

Les passants au visage muré et à l'expression fermée , ne lui inspiraient pas confiance.Mais il aimait à se laisser emporter par la foule et prendre des trains sans destination juste pour le plaisir du voyage aussi éphémère soit-il. Ce devait être son occupation favorite d'aller nulle part et n'importe ou à la fois.Il se sentait détaché de cette société qui vaquait à des courses vaines , qui s'affairait et fourmillait tout autour de lui.Il cherchait dans cette foule un visage qu'il reconnaîtrait , dont l'expression lui semblerait familière, peut être un explorateur tout comme lui.

Il aperçut alors un personnage vêtu en joker sur le quai d 'en face.Le personnage le fixait intensément , l'incitant à le suivre , il descendit du quai et suivit les rails du métro.
Le jeune homme, sans réserve aucune s'enfonça dans l'ombre derrière lui.Il s'ennuyait de toute façon dans cette vie.Il cherchait autre chose, il recherchait un signe qui l'éclairerait au milieu de son néant personnel.

Il suivit le joker qui tel un funambule dansait sur les rails du métro.Ils s engouffrèrent alors dans une sorte de passage secret d'où provenait une lumière intense.
Cela ressemblait a une cour des miracles avec plein de personnages hauts en couleurs.Beaucoup portaient des masques , certains semblaient habillés comme dans un autre temps.

Le joker entra dans une sorte de remise de laquelle il sortit une cape d'invisibilité.
Voici ton nouvel habillement mon ami lui dit le joker.

Tu ne fais plus partie de ce monde , ni de cette société , tu as rejoint le club des saltimbanques.
C'est un club secret dont les règles ne sont jamais fixes. En fait nous n'avons pas de règles , ou plutôt nous déréglons les règles et déréglons la réalité.

Notre mission est de suivre les signes cachés dans ce monde et de déchiffrer les codes.Nous sommes comme dirait Hugo, des "esprits d'une autre sphère " , nous recherchons une autre réalité que seul notre regard pénétrant sait déceler.Nous voyons au delà de ce monde et au delà d'un champ de vision limitée .Nous sommes des explorateurs de ce temps et de ce lieu et nous voyageons dans les mondes parallèles par la puissance de notre esprit .Parfois il se crée des vortex qui laissent échapper quelques fragments de ces mondes. Ces fragments sont comme des joyaux et doivent éclairer l'humanité.

Il suffit que le hasard te mette devant un signe ou un code qui t' interpelle et toi comme un enquêteur tu dois aller au bout de la piste , décrypter les signes jusqu aux derniers pour enfin arriver à l'ultime découverte, l'ultime connaissance, ton apprentissage.

La nuit aussi , il nous arrive de sortir et de nous produire en spectacle tous grimés .L'alphabet n existe pas tel qui est, les signes cachés derrière les mots et les lettres existent.
Tu dois tout redécouvrir et apprendre à oublier.

Le jeune homme savait qu'il devait percevoir les signes du destin mais il devait aussi les retransmettre s' il en avait les moyens.Il se souvint du dernier signe qu'il avait reçu ; cette fameuse carte postale qu'il avait retrouvée déposée au pieds de son lit.il ne savait qui l'avait mis là dans cette chambre de bonne située au dernier étage d'un vieil immeuble parisien, rue Baudreillis.

Personne n'avait la clé de cette chambre de bonne et il n'y avait aucun moyen de s'y faufiler.

Cette carte postale représentait le fameux Jim Morrison mince et svelte dans une posture chamanique.Nous étions dans les années 70 et Jim était encore l'icône de l'époque peut être plus depuis sa mort prématurée.Au dos de la carte postale , un message était difficilement déchiffrable.

"I try to set you free but you never follow me".Jude se souvenait vaguement d'un poème de Jim Morrison dont cette phrase semblait issue , déjà adepte de l'univers de

Jim Morrison il n 'en comprenait pas encore tout à fait pleinement l'énigme et tout ceci l'intriguait.

Jude était encore jeune et déjà bien éveillé à la spiritualité, le personnage de Jim le fascinait particulièrement.Ses textes profonds et emprunts de mystère et de spiritualité savaient l'envoûter de leurs vibrations puissantes Il décida sans difficulté de suivre ce premier signe qui le porterait sur des pistes lointaines .

Il en parla d'abord au Joker qui lui proposa d'aller au cimetière du Père Lachaise . Après tout on était à Paris dans les années 70 , Jim était mort depuis peu et peut être qu'il y aurait un indice au cimetière...

Jude prit donc la direction du père Lachaise dans le grand labyrinthe du métro parisien.Toujours cette foule qui l'accablait de son indifférence piétinait dans le métropolitain. Alors qu'il sortait d'un wagon , quelqu'un lui glissa quelque chose dans la poche.Il se retourna et ne vit qu'au loin une jeune femme à la chevelure rousse disparaître au coin d'un couloir .La jeune femme ressemblait étrangement à la dernière compagne de Jim Morrison Pamela Courson ...Pourquoi lui avait-elle glissé quelque chose dans la poche et pourquoi à lui ? Savait -elle qu'il cherchait les signes? Et qu'il avait reçu cette carte postale représentant le Lézard King?

Jude sortit un buvard de sa poche.... LSD "est ce une bonne idée" se dit il.Il n'avait jamais expérimenté ce genre de substances et ne savait pas vraiment comment elles agissaient.Malgré l'époque propice à ce genre de "trips" , il ne s 'y était encore jamais hasardé.La nuit commençait a tomber et les gardiens fermaient les portes du cimetière alors qu 'il se dissimulait derrière les tombes .Il salua quelques grands noms de la littérature avant d'arriver sur la tombe du grand mojo risin .Jude s assit alors sur un caveau voisin de celui du grand Jim Morrison et ingurgita la substance illicite.

Au bout d'une demi heure,la drogue commença à faire son effet et Jude se mit peu à peu à avoir des perceptions troublantes ; les arbres bruissaient de sons étranges et semblaient lui murmurer des mots inconnus ; des feux follets psychédéliques jaillissaient des tombes...Il se sentait tout à coup plus conscient , comment connecté à un autre niveau de conscience et à un autre niveau de réalité.

Jude contemplait le buste de Jim Morrison posé sur sa tombe avec fascination, en effet le visage de la statue commença à s'animer étrangement....Ses lèvres se mirent à se mouvoir et la voix grave et envoûtante de Jim à sortir de la bouche de la statue.

"Es tu perdu jeune garçon ? Tu as ouvert les portes alors à présent je suis là pour te guider .Je parle le langage des grands

poètes des gloires passées. Sais-tu qu'
Apollinaire et Wilde sont entre autres mes
voisins en cette dernière demeure?

je ne te dirai que ceci " Retourne au
Morrison Hôtel". C'est alors que la statue
cessa de s'animer.

Jude , encore sous l'effet de l'acide se
sentait angoissé par l'atmosphère
mystérieuse du cimetière.

Il lui semblait entendre le soupir d'une
armée de disparus hanter le lieu. Il s'étendit
sur une tombe au milieu des anges de
pierre qui donnaient l'impression de veiller
sur lui.

Dans un demi sommeil , il sembla qu'on lui
caressait le front.Une jeune femme aux
formes voluptueuses s'allongea à coté de lui
et l'étreignit tendrement.Au petit matin , il
retrouva ses esprits et tout était revenu à la
normale.

Et voila qu'il recommençait à déambuler dans le métro parisien,; l'heure de pointe , les corps entassés dans des wagons exiguës et ce songe routinier dont il voulait s'extraire .Loin de la foule qui vaquait à une vie sans passion, il était déjà à l'écart de cette monotonie asphyxiante et flânait sur les quais de Seine.Il aimait cette ville dans laquelle il était né et avait grandi ; il ne sortait pas dans les bars ni dans le Paris mondain ; lui ce qu 'il aimait c'était les grandes avenues parisiennes ou il aimait à déambuler en traînant sa mélancolie et son mal de vivre.

Parfois il s'asseyait simplement , seul sur un banc du jardin du Luxembourg , seulement pour contempler ; oui il aimait s'extraire du monde et juste le contempler , égaré dans une lointaine rêverie.

Le Morrison hôtel... il savait qu 'il y avait cet hôtel qui portait ce nom à Los Angeles , et que ce décor avait servi à promouvoir l'album des Doors du même nom . Oui le Morrison Hôtel ...Peut être qu'il devrait réécouter cet album , peut- être qu'il y avait quelque chose à décrypter...

Jude n'était qu'a moitié enthousiaste; la vie l'avait usé .Il avait perdu la folie de sa jeunesse même si en subsistait une faible lueur.Il entendait l'écho lointain de ses rires d'enfant mais il savait qu'une parcelle de son âme n'était plus .Malgré tout, il aimait à se souvenir de ses dérives et de ses délires lointains.

A présent , déambulant au quartier latin , il s'assit un moment au café de Flore pour converser un instant avec le fantôme de Jim .Oui il les aimait les fantômes du passé , il avait toujours vécu ainsi même dans sa plus tendre jeunesse, à traîner la nostalgie d'autrefois.

Le Morrison hôtel ... il se souvenait en particulier de cette chanson indian summer , cette musique le mettait dans un état de transe spirituelle ; elle lui avait d'ailleurs inspiré un poème, une sorte de vision du Paradis , de l'infinie félicité de l'âme libérée de ses incarnations.

Mais au delà de cela , quel était donc le signe ? la piste à suivre ? et surtout à quoi tout cela le mènerait-il ?

Alors qu'il allait quitté le café de Flore, il croisa Agnès Varda , une vieille connaissance de Jim , qui lui remit un vieux carnet tout usé ." tiens voici le premier carnet de Jim , tu trouveras peut être des réponses" "Mais je croyais qu'il l avait détruit dans sa jeunesse ?"

"tu sais Jim racontait beaucoup de choses réelles ou imaginaires et aimait romancer sa vie."

Agnès à peine après avoir remis le carnet a Jude , s'éclipsa et monta dans une voiture sombre.Il y avait glissé dans le carnet une enveloppe contenant une forte somme d'argent et un petit mot d'Agnès " take the highway to the end of the night".

Jude comprit ce qu'il lui restait à faire.Il retourna dans sa chambre de bonne emmagasiner quelques affaires , prit son passeport et réserva son billet d'avion pour les États Unis.Jude prit un aller simple pour New York .Revenir un jour , il en doutait .Ce qui lui importait était de saisir l'instant dans ce voyage sur un autre continent ou il deviendrait un autre , un être plus grand plus puissant.Dans des espaces inviolés , il partait en quête d'un signe mais surtout en quête de lui même .Il ressentait un silence en lui , il lui semblait que les mots n'abondaient plus dans son être aride et pourtant quelque chose rugissait silencieusement en lui .

Jude cherchait un signe , Jude voulait aussi guérir .Peut être que la recherche d'un signe était le peu qu'il restait de sa psychose à présent stabilisée par des antipsychotiques.Jude se sentait éteint et mort de l'intérieur et pourtant le feu dormait encore en lui.

Alors que les heures défilaient et que Jude commençait a sommeiller dans l' avion , il repensa au fameux cahier du lézard King qu'il n avait pas encore osé ouvrir.

Frissonnant , il ressentit la couverture rugueuse comme une peau humaine du cahier prendre vie .Jude ne se résolut pas a lire directement le recueil mais fit défiler les pages rapidement .Il réalisa que plusieurs mèches de cheveux étaient coincées a l'encornure de certaines pages mais aussi des traces de sang séché et ce qui semblait être des morceaux d'ongles....Jude, effrayé par cette découverte ,referma rapidement le livre .Il sentait son sang se glacer à la vision de ces échantillons humains mais aussi une étrange fascination monter en lui.

Jim était -il un psychopathe assoiffé de sang et de reliques macabres ou un homme sorcier?Jude n'était pas en position en plein vol de se poser la question.Il essaya de s'assoupir en oubliant ces énigmatiques découvertes.

Jim ne sortit jamais de cet avion en provenance de Paris , du moins consciemment.Peut être que l'appareil s'était écrasé ou qu'il était en train de rêver ...En tout cas il ne se trouvait plus dans cet avion au dessus de l'Atlantique .Lorsqu'il se réveilla il ne découvrit pas Big Apple non plus. Autour de lui tout était sombre et lugubre ; seul une maigre lueur de bougie éclairait ce qui semblait être le sous sol d'une maison ou d'un bâtiment désaffecté.

Il y avait des miroirs aux murs et une vieille télévision en face de la chaise à laquelle il était attaché.Il remarqua aussi que les murs étaient peints a la mode des années soixante et des hippies avec des motifs psychédéliques.

Tout d'un coup on alluma la lumière et à la maigre lueur de la bougie se substitua une violente lumière teintée de rose provenant d'une lampe chinoise.

Jude reconnut alors sa chambre d'adolescent.Il n'en croyait pas ses yeux .Rien ne semblait avoir bougé de la pièce et pourtant il reconnaissait ce lieu tout en ayant conscience qu'il n'y était pas réellement.
Un homme habillé en peignoir violet fit

irruption dans la pièce , glissant sur une trottinette d'enfant.

Il quitta la trottinette et se mit à ramper dans la chambre , donnant l'impression de nager.
Tout d'un coup il prit une bouteille d'eau et se la renversa sur la tête en criant "j 'ai froid à l'âme".
L'homme en peignoir violet avait de faux airs d'un jésus halluciné.

Il s'approcha de Jude et fit des pirouettes tout autour de lui dans une sorte de danse chamanique;Après cela il alluma la télévision en face de Jude .

Jude se croyait en Amérique ou du moins avait il pris un billet pour cette destination mais l'écran s'afficha sur l'émission des chiffres et des lettres .Tout semblait étrangement solennel.

Le jésus halluciné zappa et tomba sur un autre jeu télévisé .L'animateur parlait du Père Lachaise et Jude crut reconnaître Jim Morrison dans le public .

Tout semblait si azimuté .Quel était le sens de tout cela ? Etait ce une sombre mascarade? Le jésus en peignoir violet se saisit alors du journal de Jim , ce qui fit sursauter jude. Jude se sentait prisonnier d'une dimension parallèle qui lui semblait plus réelle que les dernières années de sa vie.

Il semblait qu'on voulait lui délivrer un message de l'autre coté du miroir.

Le jésus psychotique changea alors de chaîne et Jude vit alors l'écran s'ouvrir sur un océan de murs blancs . Des pubs vintages faisaient la promotion de comprimés contre la dépression .Il se vit alors lui même prisonnier de ce labyrinthe aux murs blancs , poursuivi par des hommes en blanc armés de seringues.Jude sut alors que ce qui défilait a la télévision n'était que le sombre résumé de ses dernières années d'existence.Jude qui avait été un simple figurant en ce monde , un étranger qui n'appartenait pas vraiment au théâtre de l'existence était il devenu malgré lui prisonnier de ce décor en carton pâte et de ce sitcom bas de gamme que les gens appellent la vie?

Jude était sous médicaments et pourtant a cet instant précis il se sentait encore prisonnier de sa folie ou d'un excès de conscience peut être.

Le jésus en peignoir violet vint l'interrompre à ses songeries sauvagement.
Il avait sorti un ongle qui était contenu dans le cahier de Jim et il vint lui enfoncer profondément dans la peau.
Il lui cria sauvagement "feel! en anglais "

"wake up !!! I am you and you are me"

Je suis ton double prisonnier du passé mais je suis la vérité de ton être".

"est ce que je t apprends quelque chose que tu ne saches déjà ?Je suis toi et tu es mon absence , comme un écho lointain et je vis toujours en toi " Tu cherches un signe mais le signe c'est toi .Tu es le signe , souviens toi des mots qui sont sorti de ta bouche il y a bien des années.La révélation est sortie de toi et tu es la voix de la vérité .Souviens toi que toujours tu disais la vérité quand tu étais sous rosé comme sous LSD.

Mais a présent pour commencer ton œuvre et te guérir il te faut tout simplement croire en toi même , croire en ton énergie créatrice et le pouvoir que tu as de changer ton destin .Tu étais trop à découvert mais a présent tu disposes d'une identité secrète .Ils ne te verront pas surgir car ils ne soupçonnent pas ton génie maintenant que la psychiatrie a bridé ton esprit .Souviens toi de qui tu es et que nous le savons aussi ."

"Non je ne veux pas croire qu'il y ait d'élus .

Je veux croire que nous puissions tous être des êtres ordinaires et que nous puissions être tous les prismes de la voie lactée.

N'y a t il pas de plus belle vérité . Nous avons le pouvoir de nous transcender.nous avons le pouvoir d 'être médiocres et géniaux;

.Je veux être souillure , je veux me sentir médiocre et frôler l'éternité.

J'écris un roman sans début et sans fin , j écris ce qui me passe par la tête , totalement libéré de la réglé normative. Mais j'étais dans ce sous sol et je contemplais ce désert blanc dans cette télé moi Jude . Et maintenant je parle a la première personne du singulier et je pars en vrille je dérive au fil des secondes qui bientôt creuseront ma tombe et j'aime taper chaque lettre sur cette page blanche qui n'est pas étanche à mes songes.Je sens qu'elle les absorbe et les fait vivre et assouvit ma soif d exister.Je suis en quête d'une liberté infinie et sans rime.Tu veux la règle et je te raconte l'orbite , tu veux le conformisme et je te raconte le verbe ivre et la langue déliée. Oui il y a un triangle des Bermudes noyé dans mon verbe , et j'aime le balancement de tes hanches et ton soleil de flanelle.

Certes tel ce Jésus halluciné, je veux aider mon prochain mais je sens cet appel du ciel plus loin.Il tape à ma porte et à l'orée de mes songes.Le ciel est dans ma vie et ma vie s'y mélange. Es tu plus proche de moi que lui?Il mêle a mon être sa poésie et m'enveloppe de ses couleurs ouatées.Il me dit de raconter plus que la vie.Mais cette digression ne me mène nulle part …
Je suis dans ce sous sol et un jésus halluciné m'assomme comme d'une liqueur de ses paroles de lumière.

Jésus lumière du ciel , laisse moi partir , tu ne peux me dompter ni me ressusciter , j ai le pouvoir en moi même de trouver la sagesse et la paix .Mais rends moi ce carnet de Jim sans lequel je ne puis plus exister."

Le jésus halluciné libéra Jude sans oublier de lui offrir une dernière tisane de champignons sacrés, un dernier trip psyché.

Jude , libéré de ses liens se redressa et à pas lents quitta le théâtre de ses jours anciens .

Tout autour , c'etait le wild , tout autour il n y avait que la forêt et le silence aveuglant. Peut être que c était ce dont il avait toujours rêvé, se retrouver seul face à l'immensité pour se confronter à ses propres limites, à sa pulsion d'exister.

"Tu m'as parlé au fond des bois mais il n'y avait personne."

"il n y a rien de construit , il n'y a rien de crée et pourtant je trouve en toi l 'instant parfait comme au fond de cette liqueur qui m'enivre et qui me ramène à la vérité. J'aime ta nudité et ta félicité ,toi silence de mon être ou les paroles se dérobent car elles n'ont nulle utilité.

Toi vacuité de mon être , face à l'immensité de ce ciel , face à l'infini de ces paysages tu me rappelles ce qui était vrai . Les mots n'ont plus d'écho en moi , et je veux m'écorcher à ton soupir mystérieux qui porte le nom de vérité.

Et quand nu je me jette du haut de cette cascade , je veux me saigner à l'authenticité de ses eaux vives,, je veux marquer mon être du sceau de la création. Je veux m'y blesser , je suis en quête de rédemption et d'esprit épuré .Et comme l'azur je veux renaître et m'envoler plus loin que les rêves codifiés."

mais les arbres connaissent la chanson des Beatles et la nuit tombée murmurent hey jude à mon oreille.Mais non je n ai pas oublié le Morrison hôtel...Et au milieu de cette forêt infinie, je ressors le carnet de Jim...

Il y a des bohémiens , des saltimbanques allongés à la racine des arbres , ils ont tous des cahiers et prennent des notes.Ils apparaissent à la tombée de la nuit...

"Mais que griffonnez vous sur vos carnets à l'encre invisible chères créatures des forêts?"

leur murmurai je dans mes songes.

"Nous écrivons la symphonie de l'univers" me répondit l'un d 'entre eux en formant des lettres de fumée avec une pipe.

"Moi je n écris plus depuis longtemps leur murmura Jude et pourtant je me souviens de ces poèmes que me dictaient les morts....

D'ailleurs au lieu de chercher un signe peut être devrais je à nouveau parler avec eux ou qu 'ils parlent à travers moi..."

"Tu sais nous autres égarés dans cette forêt peut être sommes nous morts ou bien l'es tu toi même ?"

"Pourquoi as tu ce tel besoin d'ouvrir le sas des dimensions ?"

"Tu le sais bien , tu sais bien que je voyage sans destination et que partout ou je vais l'œil de Dieu se dessine au dessus de moi et me transperce du faisceau de son regard ...Peut être que son iris m'éblouit et m' a brûlé de son sceau ...Peut être que mon âme fusionne déjà avec sa lumière...."

"Bohémiens avez vous donc un message pour moi , une carte postale du Morrison hôtel peut être?"

Jude eut soudain une envie de magic mushrooms et souleva le feuillage .Il savait que le hasard était la façon de Dieu de passer incognito et ne s étonna pas de trouver ce qu'il cherchait . Il se baissa et fit sa récolte mais lorsqu il se releva les bohémiens semblaient s'etre evanouis comme dans un songe.

De toute façon , Jude aimait expérimenter les choses de façon personnelle , c' est toujours dans ces cas la qu 'il avait le plus appris , seul face à lui même .

Mais peut être qu avec son traitement antipsychotique, les shrooms ne lui feraient aucun effet...Peut importe , Jude voulait tenter l'expérience dans cette foret qui semblait s'étendre sans limite.

L'esprit de la vérité se manifesta à Jude sous la forme d'un visage qui s 'imprima sur le tronc d'un arbre .

"Que recherches tu?Tu as l'impression de ne pouvoir trouver d'issue mais après tout n'es tu pas comme ces milliards d'humains sur cette Terre .Tu es dans le même bocal et tu te heurtes a ses parois en espérant découvrir un visage de l'autre coté de ses vitres épaisses...

Oui tu as contemplé des visages , et il y a ce visage qui te hante et que tu n as pas revu depuis de longues années.C est le feu de cet amour qui te ronge et que tu racontes dans toutes tes histoires .Comme une équation insoluble , tu te perds dans l'algèbre des étoiles. Ce que tu cherches et ce qui t impatientes n 'est pas la vie.; tu invoques la mort elle même...

Et oui en ce lieu étrange , il y a un metteur en scène, les décors sont en carton pâte et le rideau va bientôt tomber..."

Le visage s 'évanouit et maintenant Jude avait l'impression de s'égarer de plus en plus dans la foret...Il marchait pieds nus , ressentant la nudité de la terre sous ses pieds .Il ressentait la pulsation primale de la vie dans ce temple verdoyant et frémissant .

Et puis cette rivière dont il entendit gémir les eaux lui rappela qu elle le ramènerait a la vie et à la civilisation ...Il se rapprocha donc délicatement des rives sur lesquelles comme par hasard une vieille barque semblait l'attendre et ce vieux Geronimo qui avait le pouvoir de retenir l'aube le guettait au loin de son regard perçant .

Il lui fit signe de le rejoindre à bord de l'embarcation , ce que fit Jude sans mot dire.Le vieux Geronimo essuya le visage terreux et sale de Jude avec l'eau de la rivière puis saisit une petite bourse qui semblait rempli d 'un sable orangé. Alors le vieil indien en recouvrit ses paumes et frotta le visage de Jude du sable orangé ainsi que les plantes de ses pieds .

" a présent te voila protégé par le grand esprit .Ils ne sauront te reconnaître ni voir en toi car le sable les illusionne et leur révélera un autre visage que le tiens .Et tes pieds ne laisseront pas d 'empreintes.

L'indien poussa l'embarcation sur les flots calmes de la rivière .Après une longue navigation , la rivière semblait se diviser en deux bras .

"Choisis ton destin lui dit le vieil indien , un bras de cette rivière se jette dans la mer, infinie et libre et l'autre rejoint la civilisation .

Jude eut alors cette étrange impression de ne pas naviguer sur un fleuve ordinaire ... ils avaient navigué et navigué peut être d'un monde à l'autre et avaient rejoint par un mystérieux phénomène le fleuve Amazone.

Fleuve sacré , fleuve des chamanes , fleuve des esprits ...Était ce l'amazone terrestre ou un amazone serpentant les mondes parallèles ? Jude l'ignorait.

Il décida de rejoindre la civilisation mais ou attirerait il au Brésil?Geronimo se mit à jouer du tambour et a danser sur l'embarcation qui se mit a tanguer .Puis il sauta dans l'eau et disparut ...Jude ramena la barque au rivage et foula ce sol qui ne conserverait pas ses empreintes.

En s 'avançant , il commença a apercevoir des villageois à l'air peu affable ...Ils semblaient vaquer à leurs occupations ordinaires et l'ignoraient sur son passage.

Il était sur une rive de l 'amazone dans un village peu accueillant .Il lui fallait rejoindre la ville la plus proche , trouver une voiture , se ravitailler...

Jude acheta du ravitaillement dans une petite épicerie locale , de quoi manger et boire pour la route...Il acheta un vieux tacot

à un villageois moins hostile que les autres...

Tout d'un coup , quelque chose lui revint en tête ...Il y avait peut être un indice au père Lachaise....

Et si cette indice était la tombe d 'Allan kardec ?le maître du spiritisme et de la communication avec les esprits .Il l'avait a peine salué en passant devant sa tombe mais cela avait il suffit a ce que le grand maître du spiritisme l'oriente jusqu ici? Le brésil, la terre du spiritisme par excellence ou Allan kardec est vénéré et ou beaucoup de groupes spirites se réunissent?

Jude finit de glisser le carnet de Jim qu il n avait pas encore rouvert dans son sac a dos et pris la route.

Jude avala un paquet de miles , se laissant aller au vagabondage de son esprit et a ses divagations , toutes fenêtres ouvertes , pieds au plancher et l'âme dévorant l'horizon.

Les paysages défilaient sous ses yeux mais il ne les contemplait pas vraiment , il ne faisait que mordre le ciel de son iris , appuyant de plus en plus fort sur le champignon pour dans un rêve fou déployer ses ailes et le rejoindre.Et puis il aperçut ce vagabond au bord de la route ,une lointaine silhouette qui en se rapprochant prenait les traits d'un ange blond autour duquel des nuages de poussière tournoyaient .

Cet auto stoppeur semblait sorti tout droit d un autre monde . Il semblait avoir été déposé la par hasard , tout droit sorti d 'une autre dimension.Il semblait bien jeune a peine sorti de l'adolescence avec son balluchon sur le dos .

Jude intrigué par le jeune homme, s'arrêta net et décida de le prendre en stop.Il voulait venir en aide a ce garçon fragile , perdu au milieu de nulle part et peut être voulait il toucher du doigt cette apparition fantomatique.

Le garçon s 'approcha du vieux tacot déglingué de Jude et ouvrit la portière . Un léger sourire timide se dessina sur son visage.
"Salut moi c est Rio , vous me prenez pour un peu de route ? " murmura t il ?

" Oui bien sur" lui répondit-il "ou allez vous donc ?"

" oh j ai pas vraiment de destination vous savez , je suis saisonnier et je trace la route..." soupira t il .

Rio ferma la portière et Jude fit vrombir les pneus de la voiture laissant les seuls tourbillons de poussière dans son sillage.

Les kilométrés défilaient et le mystérieux
Rio ne prononçait pas un mot .Il semblait
perdu dans une rêverie sans fin , perdu dans
la contemplation d'un autre monde .Parfois
il tournait la tête et le contemplait
fixement .Ses iris d'un bleu frémissant le
détournaient de la route .L' étrange Rio le
rassurait et l'intriguait de sa présence .
Il semblait présent sans vraiment être la et
son manque de bavardage le rendait d
autant plus énigmatique.

"Que faisais tu la sur cette route perdue au
milieu de nulle part Rio?"

" O vous savez, je ne suis qu un voyageur ,
je trace la route rien de plus banal ".

"Je travaille dans les champs a la belle
saison , j aide aux récoltes et j ai de quoi
survivre ".

" Tu cherches quelque chose Rio ? Pourquoi
traces tu la route comme ça ?"

" Non je ne fuis rien ni personne , je suis qu
un gars du middle west qui   rêve d
aventure voila tout ".

"Et vous que faites vous la ? , m sieur ?"

Jude ne voulut pas trop en dire . Peut être qu il ressemblait a Rio après tout et qu il gardait ses secrets .

" Peut être que je suis un gars de la route tout comme toi Rio . J'aime le voyage ."

"tu sais j ai toujours été proche de la nature et petit je m'asseyais auprès d'un arbre juste pour contempler le silence de mon âme. Je suis un enfant du silence et des étoiles , ce sont peut être les seules mathématiques que je connaisse car ce sont celles qui font tournoyer mon esprit dans d'autres sphères. Tu sais quand tu grandis dans des grands espaces , tu apprends a écouter ce qui se cache dans les chuintements du vent "

Passée sa première réserve , Rio devint bavard ! son visage s'animait quand il parlait

de ses songeries poétiques .

"Je suis un peu un enfant sauvage , je sais entendre les signes et leurs vibrations m'orientent".

Un frisson lui parcourut l'échine quand Rio lui parla de signes.Cette rencontre était elle accidentelle ? Lui aussi recherchait les signes et soudain lui , le petit gars de la campagne venait à en parler à Jude...

"tu sais un jour , un bon ami à moi s 'en est allé dans l'autre monde et au moment précis de son départ , j'ai vu ce majestueux cygne glisser sur l'onde ...J'étais au bord d'une rivière et soudain son image sembla parcourir l'onde et je sus qu'il me disait adieu ou a bientôt."

Jude ne répondait pas vraiment à Rio , il l'écoutait lui et ses mystères .

La nuit commençait a tomber alors Rio et Jude décidèrent de s arrêter .

Ils étaient proches de la foret et ses bruissements leur parvenaient dans un échos a la fois proche et lointain.

Ils n avaient pas de quoi faire un feu mais

une petite lampe torche suffit a les éclairer .

Rio s enhardit avec la nuit et proposa à Jude de quitter la voiture et d' avancer un peu dans la foret .

La vie bruissait tout autour d'eux ; la Vie dans son essence propre , dans la violence de sa sève les faisait frissonner .

Le bruissement de l'eau se fit peu a peu entendre .Jude ressentait a la fois une excitation et l 'angoisse du danger . Que faisais -il donc perdu au fin fond du Brésil avec ce mystérieux inconnu ?

Peut être que la folie l'animait encore et peut être qu'il l'aimait.Il aimait aussi la voix de Rio . Il aimait sa douceur et la sagesse qui s 'en dégageait . Lorsque ils approchèrent de l'Amazone , Rio s 'enhardit .

Son regard s 'intensifiait a mesure qu'ils entendaient les eaux frémissantes de la rivière .Il proposa à Jude de trouver des racines qui les feraient "voyager".

"Tu aimes donc toutes sortes de voyage Rio ?" murmura Jude

" Es tu seulement ce simple gars du middle west ?"

" Tu le découvriras toi même quand il sera temps " se limita a répondre Rio.

Rio prépara dans un petit récipient les racines.Jude ne voyait pas vraiment ce qu 'il faisait . Il se livrait a une sorte de rituel et prononçait des incantations.

Lorsque le mélange fut prêt, Rio lui présenta le breuvage .

" Bois ça , peut être que cela t ouvrira les portes du ciel ou peut être celles de l'enfer mais peut être que tu ressortiras grandi et infini".

Jude fit confiance a Rio et but l'étrange décoction sans émettre de réserve.

Rio et Jude s' allongèrent alors au bord de l' Amazone ouverts au murmure de la nuit.

Rio s exprima alors

" Tu sais tu crois que je ne te parle pas mais Je te parle a chaque seconde.Je suis venu dans ton récit pour te parler comme une apparition. Car tout te ramène a mon fantôme.

Je sais que tu penses a faire du spiritisme pour me parler , pour avoir des réponses sur ton propre être . Mais nul besoin de ce genre de cérémonial pour me parler .Tu me parles en ce moment même . Comment te viennent ces mots que tu écris ?

Tu ne les penses même pas .Tu les ressens et les écris . Tu repenses au début de cette histoire et tu demandes ou elle t a mené.

Jim est passé . Il t a indiqué le chemin de la highway , d 'un auto stoppeur égaré et tu es revenu à moi , a cette fameuse route qui ne ressemble a aucune autre .

souviens toi de Jim , de la carte postale ,

take the high way the end of the night.

Écris , écris la transpiration de nos âmes qui se mélangent.

Toi aussi tu es le flot de la rivière , tes mots en sont le flot , tu as le don de parler du songe de l'autre royaume . J'y suis ton avatar et tu es le mien sur terre .

Ton œuvre sera parcouru de mon souvenir , comme le fil d'arianne car tu me recherches comme moi je te recherches .

Ta folie a la mienne se mélange .

Comme Rio vient a la rencontre de Jude .

Je te demande de continuer a écrire les fulgurances de ton esprit car tu es le messager des hautes sphères , tu es un et tu es l'un qui se dévoile , tu es ces milliers de visages qui se perdent dans l'onde et tu es le soleil de l'un."

Jude écoutait alors les paroles de Rio sans vraiment les comprendre . Il se sentait hébété, dans un état second .

Rio éclata de joie ." Tu voulais qu'on se rencontre a nouveau et pas seulement dans la fusion d 'un regard et d 'un amour impossible et voila que tu m' a laissé venir a toi sans que tu t y attendes. Je suis empli d 'un tel amour .

Je sais que l'Amazonie devait être le lieu de notre rencontre pour réparer la blessure de notre mère la terre.

A travers tes   écrits et en situant notre rencontre en ce lieu , tu m' honores et honores mes vœux .

Oui je voulais sauver cette foret et cette terre et tu sais que je pleure de ce que l homme fait en ce lieu. Mais ce qu il lui ôte en oxygène , tu me le rétribues en amour , dans l'éclat de mon être de lumière , de vieille âme et de chamane, toi mon jumeau cosmique".

Dans un état modifié de conscience, Jude proposa a Rio de venir se baigner dans l 'amazone dans l'ignorance d 'un quelconque danger .

Ils se jetèrent tous les deux dans la nuit noire des flots , seule le chapeau de cow-boy de rio resta a la surface.

Rio et Jude ,jumeaux cosmiques essence d'un seul et même être redevinrent une seule et même personne . Les eaux de l'amazone gonflèrent et gonflèrent et éteignirent tous les feux de la foret et la vie

réapparut dans le limon du fleuve riche et
fertile.

Jude ,dans la complétude son nouvel être,
marchait à présent au bord d'une vieille
voie ferrée qui disparaissait sous les arbres
ombragés.La rouille et les mauvaises herbes
semblaient avoir pris possession des rails et
leur conféraient un charme désuet.Il avait
l'impression d'avoir déjà traîné au bord de
ce chemin , dans un rêve ou dans un autre
espace .Le temps avait passé pour lui
comme pour d'autres êtres qui avaient vécu
, qui étaient passés peut être en d autres
lieux et autres temps.Il ne restait qu un
voile de brume sur la vie de Jude mais n
était ce pas le lot de du commun des
mortels? Un voile de brume , des

réminiscences et des fantômes .Jude avait marché un bon moment , fatigué il s assis un peu au bord de la voie .Peu être que l effet des hallucinogènes se faisait encore ressentir mais Jude eut l'impression qu un train passé sur cette vieille voie désaffectée;

Il entendit le bruissement de la locomotive et vit de la fumée a l'horizon ; Et puis le train sembla passer très vite auprès de lui .Il eut a peine le temps de voir les wagons défiler .Mais dans ce vacarme et dans la vitesse , un visage d enfant se profila rapidement .Une fillette pointait le bout de son nez et le regardait fixement , se retournant sur son passage .Il se rendit compte qu'un autre regard était posé sur lui ; la fillette tenait un petit chien blanc dans ses bras et tous les deux laissaient dépasser leur tête de la fenêtre d'un wagon.Elle chantait la chantait des doors et les paroles de Jim mais avec certains changements " now you are free so come on and follow me..."

Jude se releva et ouvrit grand les paupières mais rien ne semblait avoir troublé le paysage et la tranquillité du lieu .Jude plissa les yeux et laissa les rayons du soleil l'aveugler .Mais ou donc t en es tu allée petite fille su soleil , toi et ton petit chien blanc ? Comme j'aimerai avoir a nouveau douze ans et courir dans les champs avec vous mes amis .Es tu toi aussi une apparition sur ce long et sinueux chemin ? Quel est ton destin et quelle est ta destination?

Ce train s en va t il plus loin que les rocheuses ou au delà de la course des nuages?

Alors que Jude continuait a avancer , une nuée de colombes surgit du coté gauche des rails .Jude quitta la voie ferrée et suivit un sentier étroit . Il se trouvait a présent au abords de ce qui semblait être un vieux cimetière abandonné aux mauvaises herbes.

Étrangement , il n y avait aucune inscription sur les pierres tombales; avaient elles été effacées par le poids des années ? Cela semblait bien mystérieux .Des anges bienveillants paraissaient prendre soin du lieu au centre duquel un bassin circulaire prenait place . Jude tourna un moment autour du bassin et finit par s'allonger sur le rebord.Il contemplait l'océan du ciel bleu qui vagabondait au delà de son regard.

Peut être que la vie et que ses pensées comme son être n étaient que ce flottement incertain , ce gouffre mouvant ou par moment des visages et des formes se dessinaient proches puis lointaines puis finissaient par disparaître. Peut être qu il ne fallait pas chercher plus que la vibration première de toute chose , cette profondeur infinie et si modeste a la fois .Et surtout il fallait se laisser a cette paix et a ce laisser aller sans chercher a s accrocher a aucune forme précise , ni a aucune émotion ni a aucun sentiment .Tout se limitait a ce flot primordiale , a cette vague , a cette onde .

Il vit la petite fille du train s approcher de lui , lui sourire en caressant son visage d une brindille puis s évanouir toujours en promenant son petit chien blanc dans ses bras.Jude laissa défiler les heures qu aucun glas ne venait faire tressaillir .Il était bien en ce lieu , il s asseyait parfois auprès des tombes , et converser avec les absents.

Il cherchait a les tutoyer dans leur vérité première , dans une intime proximité .

Au delà du silence et des battements de leur cœur évanouis depuis longtemps ,

il conservait ce lien avec ces invisibles , ces élus que la mort avaient appelés.Ils le fascinaient et le hantaient , il lui semblait que eux ils savaient.

Ils détenaient le savoir précieux du commencement et de la fin de toute chose , ce que lui convoitait de son vivant .

De temps en temps , la petite fille jouait a cache cache entre les tombes avec son petit chien blanc, distrayant Jude de sa conversation avec les morts .Jude perdit l envie d aller plus loin dans son voyage terrestre.Il se plaisait parmi les morts plus que parmi les vivants.Il basculait sans le savoir dans un autre monde et abandonnait ses préoccupations terrestres. Seuls les sons de la nature et le murmure des morts inondaient son être .

Un jour comme un autre , étendu sur l 'herbe parmi les tombes , il entendit la petite fille et son fidèle compagnon batifoler tout autour de lui mais cette fois ci ses sensations furent différentes;le frôlement devenait plus délicat , et les sons beaucoup moins incertains .

La petite fille lui toucha la main et la lui saisit .Le petit chien lui lécha vivement la figure .Jude sut qu'il était temps.

Il se réveilla brusquement de sa rêverie et se laissa entraîner par la fillette qui lui tendit le vieux carnet de Jim.Rio se saisit du journal et l'ouvrit au hasard . Il déchiffra un poème de Jim ; en souriant" vivre sur cette Terre, c était un peu comme séjourner au Morrison hôtel... finalement."

"I lived on this planet once, it was a bit my hotel , the Morrison hotel , tell me that you are ready to go my friend, the stars are already whispering to my ears and I want to be born again in their light".

© 2019, Waters, Aleka
Edition : Books on Demand,
12/14 rond-Point des Champs-Elysées, 75008 Paris
Impression : BoD - Books on Demand, Norderstedt, Allemagne
ISBN : 9782322101955
Dépôt légal : septembre 2019